I0730621

CANTATES

ET

CHANTS ROYAUX

EN L'HONNEUR DE L'AUGUSTE FAMILLE

DES BOURBONS,

À L'USAGE

Des Conservateurs de la Légitimité, et de tous les bons Royalistes de France.

Se trouve à MONTPELLIER,

Chez le Concierge des Conservateurs,
à l'enseigne du Drapeau Blanc.

1821.

Berry n'est plus ! mais de sa bien-aimée,
Le noble sein recèle un fruit naissant ;
Et dans six mois, la France ranimée
Aura cessé de dire en gémissant :
Berry n'est plus !

(Ce couplet ne se chante pas.)

SUR LA NAISSANCE

DE S. A. R. Mgr. LE DUC DE BORDEAUX.

Air: *Ah ! le cœur à la danse.*

QUEL bruit et quel transport joyeux !
    Quelle touchante ivresse !
On chante, on rit, dans tous les yeux
    Éclate l'allégresse !
    Faut-il en être étonné ?
    Un royal enfant est né...
    Ah ! de la Providence
Ce bienfait prouve le pardon,
    Puisqu'aux vœux de la France
    Elle accorde un BOURBON.

    Qu'il puisse égaler en bonté
    Sa jeune et tendre mère,
En valeur comme en loyauté,
    Son aïeul et son père !
    De tous les Français un jour,
    Qu'il soit l'orgueil et l'amour !
    Pour fêter sa naissance
Tels sont les vœux que nous formons,
    Comme amis de la France,
    Comme amis des BOURBONS

A 2

Le Ciel m'inspire et je prédis,
Que cet enfant auguste
Défendra la gloire des Lis,
Qu'il sera ferme et juste :
Il régnera par les lois,
Mais il soutiendra ses droits.
Conservateurs de France,
Chantez, chantez, c'est un Bourbon !
Ennemis de la France,
Tremblez ! c'est un Bourbon !

C'EST UN GARÇON !

Air : *Le premier pas.*

C'est un garçon ! j'ai dans mon allégresse,
Compté deux fois douze coups de canon.
Dans Montpellier on s'agite, on s'empresse,
Chacun s'aborde et dit avec ivresse :
    C'est un garçon !   *(bis.)*

C'est un garçon ! et nos Lis refleurissent ;
Bien venu soit leur noble Rejeton !
Dans leur effroi tous les méchans pâlissent ;
Dieu ne veut pas que les Bourbons finissent...
    C'est un garçon !   *(bis.)*

Berry n'est plus ! lui qui de bienfaisance
A chaque instant donnait une leçon !

Ils l'ont frappé ; mais , au lieu de vengeance ,
Le dernier don qu'il a fait à la France ,
  C'est un garçon !   (bis.)

  C'est un Bourbon ! s'il porte la couronne ,
On le verra digne d'un si grand nom ;
Il aura l'âme et généreuse et bonne ,
Il ne voudra le malheur de personne ;
  C'est un Bourbon !   (bis.)

MA BREBIS A FAIT UN LION.

Réjouis-toi , superbe France !
Plus de chagrin , plus de douleur ;
Le ciel comble ton espérance ,
Il t'accorde enfin un sauveur ;
De sa naissance , heureuse et fière ,
Redis ce qu'à la Nation
Du bon Henri disait le père :
Ma brebis a fait un lion.

Amants des arts , prenez la lyre ,
Et célébrez-le dans vos chants ;
Cédez au Dieu qui vous inspire ,
Il vient protéger les talens.
Guerriers , vous pleuriez votre père ,
Mais de son heureuse union
Il vous laisse un fruit tutélaire :
La brebis a fait un lion.

Français, en lui voyez le gage
Du terme heureux de vos malheurs ;
Ne craignez plus les jours d'orage,
Il doit rallier tous les cœurs.
Pour son bonheur, pour sa défense,
Que partout règne l'union ;
Réjouis-toi, superbe France,
La brebis a fait un lion.

JE SUIS VOLONTAIRE, MOI.

Air : *Si le Roi m'avait donné.*

Je suis Volontaire, moi,
   Je suis Volontaire ;
J'ai toujours gardé ma foi,
   Chacun sa manière.
Chérir l'honneur et le Roi,
   A toujours été ma loi :
Je suis Volontaire, moi,
   Je suis Volontaire.

Un nouvel astre a paru,
   Et dans sa carrière
Sur la France a répandu
   Sa douce lumière.
Plus d'alarmes, plus d'effroi,
   Vivent les Bourbons ! sans quoi....

Je suis Volontaire, moi,
  Je suis Volontaire.

Noble Enfant, repose en paix
  Auprès de ta Mère ;
Viens consoler les Français
  Qui pleurent ton Père.
Que notre Lis, avec toi,
  Refleurisse, ou jarnigoi....
Je suis Volontaire, moi,
  Je suis Volontaire.

Si je n'ai pas un denier,
  Et si, par misère,
J'accuse dans mon grenier
  Le sort trop sévère ;
Je m'en console, ma foi,
  En criant : *Vive le Roi !*
Je suis Volontaire, moi,
  Je suis Volontaire.

Faut-il célébrer nos Rois,
  Remplissons nos verres ;
Faut-il défendre leurs droits,
  Soyons militaires.
Pour des devoirs aussi doux,
  Qu'on nous trouve au rendez-vous ;
Soyons Volontaires, *Tous*,
  Soyons Volontaires.

BANQUET

Pour célébrer la naissance de S.A.R.
Monseigneur le DUC DE BORDEAUX;
par M. J. V.

____

*Un Conservateur de la Légitimité portant
le buste du jeune Prince.*

Air : *Vive Henri IV.*

Heureuse France
Respire en liberté.

Chœur des Conservateurs.

Heureuse France
Respire en liberté.

Le Conservateur.

Henri s'avance
Portant de tout côté
La paix , l'abondance ,
La légitimité.

Chœur des Conservateurs.

Henri s'avance, etc.

Un Volontaire royal de la Palud.

C'est d'Henri Quatre
Le digne petit-fils,
Ce Diable à quatre ,

S'il a des ennemis ,
Saura les combattre
Et les tenir soumis   (bis.)

Chœur des Conservateurs.

Ce Diable à quatre, etc.

Un Conservateur.

Air : *Qu'il se présente et dans mon corps.*
Chez nous , c'est à qui formera
Des vœux pour l'auguste famille !

Un Conservateur de Pignan.

Chez nous c'est à qui bénira
Du Roi-martyr la sainte fille.

Un Nismois affilié aux Conservateurs.

Chez nous c'est à qui maudira
Des noirs libéraux la doctrine.

Tous les trois ensemble.

Et chez nous c'est à qui mourra
Pour le cher Fils de Caroline.

Chœur général des Conservateurs.

Et chez nous c'est à qui mourra, etc.

Un Soldat du 20.ᵉ Régiment de ligne.

Air : *Charmante Gabrielle.*

Henri , charmant modèle
D'un père qui n'est plus !

A 3

A sa gloire fidèle
Tu joindras ses vertus.
Au bonheur de la France ,
Dieu te devait,
Et de sa Providence
C'est un bienfait !

Tous ensemble.

Au bonheur de la France , etc.

Un Soldat de la Garde royale regardant le buste du Duc de Berry.

Air : *De festons et de fleurs.*

A nos tendres regrets , ombre chère et sacrée,
Le Ciel s'apaise enfin , il veut sécher nos pleurs ;
Caroline , en son sein , malgré tant de malheurs,
A su nous conserver ton image adorée.

Chœur.

De lauriers et de fleurs ornons ce jeune Lis,
Espoir de la Patrie , ô moment plein de charmes!
Nous te jurons, Berry , de faire à ton cher fils,
Un rempart de nos cœurs (*tous les militaires tirent
leurs épées)* défendu par nos armes.

Un Chevalier de St.-Louis.

Au milieu des vertus , entre Louis et Charles,
Enfant donné de Dieu , tu croîtras désormais,
Pour rendre à ton pays , à tes loyaux Français,
Henri Quatre et Berry, dont tout ici te parle.—

Chœur général.

De lauriers et de fleurs , etc.

Un Conservateur.

Le même. Air : *A boire ! à boire !*

A la commune ivresse,
Mêlons notre allégresse ;
Buvons à la santé du Roi :
Salut, amour, honneur et foi !

Tous en Chœur.

Buvons à la santé du Roi, etc.

Tous les Convives présentant leur verre en face du buste du Roi.

Buvons à son aménité ,
A sa grâce , à sa loyauté.

Un Conservateur.

Buvons à son cœur généreux,
Dont le miroir est dans ses yeux.

(Le chœur répète le toast de chaque convive.)

Un Conservateur.

Buvons à son amour pour nous ,
C'est pour lui le bien le plus doux.

Un Conservateur.

Buvons à toutes ses vertus :
Nous n'aurons jamais assez bu.

A 4

Un Conservateur père de Famille.

Que Dieu lui donne dans vingt ans,
De bons soldats dans nos enfans.

Un Royaliste du Plan de l'Olivier.

Air : *A boire ! à boire !*

A la commune ivresse,
Joignons notre allégresse ;
Vidons nos verres, mes amis,
En offrant nos cœurs à Louis !

A la santat d'aou Reï !
Viva lou Reï !

Le Chœur répète

A la commune ivresse, etc.

Un Conservateur.

Air : *A boire !*

Honneur aux Fils de France,
Notre douce espérance !
Buvons à nos Princes chéris,
Frère et neveu du bon Louis !

Tous ensemble.

Buvons à nos Princes chéris, etc.

Un Conservateur montrant les bustes de
MADAME et de la Duchese de Berry.

Buvons à nos Anges du Ciel,
Leurs pleurs ont fléchi l'Éternel !

Le Chœur répète :

Buvons, etc.

Un ancien Émigré.

A la mémoire de Berry,
Le digne père de Henri.

Le Chœur répète :

A la mémoire, etc.

Un Soldat du 20.ᵉ de ligne.

A Dieu Donné DUC DE BORDEAUX,
Épouvantail des Libéraux.

Le Chœur :

A Dieu Donné, etc.

Un Conservateur.

Vivez, cher Fils de France,
Vivez, notre espérance !
Buvons, mes bons amis, buvons,
A la santé de nos BOURBONS.

Le Chœur :

Vivez, cher Fils, etc.

Vive le Roi !

LE CRI DES PREUX.

Amis, enfin voilà le jour,
Qu'attendait tout français fidèle;
Guidé par l'honneur et l'amour
Suivons Louis qui nous appelle.
Ventre Saint-Gris, au nom du fils d'Henri,
Français, du fond de l'âme,
Des anciens preux, redis le cri chéri,
Mon Dieu, mon Roi, ma Dame !

Par de cruels et longs malheurs,
La France, hélas ! se vit abattre ;
Mais le ciel, pour sécher ses pleurs,
Lui rend les enfans d'Henri Quatre.
Ventre-Saint-Gris, etc.

Au blanc panache, aux fleurs de Lis,
Que tout bon français se rallie;
Fidélité porte son prix,
Par le bonheur elle est suivie.
Ventre-Saint-Gris, etc.

Au noble fils du Béarnais,
Rendons son antique couronne,
Et qu'on entende tout français,
Dire sans cesse autour du trône.
Ventre-Saint-Gris, etc.

VIVE LE ROI!

Air : *Mon galoubet.*

Vive le Roi ! vive le Roi !
D'un bout à l'autre de la France,
Voilà le cri de bon aloi ;
En vain des méchans la puissance,
Voudrait nous réduire au silence :
Vive le Roi !   (4 *fois.*)

Vive le Roi ! vive le Roi !
Français que ce mot nous rallie,
A Louis gardons notre foi ;
Pour abattre la tyrannie,
Que nuit et jour l'honneur nous crie :
Vive le Roi !   (4 *fois.*)

Vive le Roi ! vive le Roi !
Vivent nos Princes tutélaires !
Vivent d'Angoulême et d'Artois !
Bientôt, le ciel à nos prières
Les rendra pères et grands-pères :
Vive le Roi !   (4 *fois.*)

LE CRI DES CONSERVATEURS
DE LA LÉGITIMITÉ.

Air *du réveil du peuple.*

Français, soyons toujours fidèles
Aux Lis, aux Bourbons, à l'honneur;
Laissons les traîtres, les rebelles
Exhaler leur vaine fureur ;
Leurs cris annoncent leur détresse,
Nos chants les font pâlir d'effroi.
Répétons tous avec ivresse :
Guerre aux méchans! vive le Roi !

Des Rois le meilleur, le plus sage
Sur nous régnait par ses vertus;
Les méchans ont frémi de rage
En voyant ce nouveau Titus;
Que dans les trames homicides
Qu'ourdissent ces hommes sans foi,
Tombent eux-mêmes, les perfides:
Guerre aux méchans! vive le Roi!

LA CANTATE.

Héros Français, peuple vaillant
Né pour l'honneur et pour la gloire,

Écoute encore le noble chant
Qui te guidait à ta victoire.
Rappelle-toi le donx refrain,
Signal d'amour et de vaillanee ,
Pour les Roland, les Duguesclin,
Vive le Roi ! vive la France !   (*bis.*)

Il animait le preux Bayard
Alors qu'armé pour sa défense,
Aux Lis il faisait un rempart
De sa valeur et de sa lance;
Du Preux, sans reproche et sans peur,
Conserve .avec la souyenance ,
Le vœu qui fut cher à son cœur,
Vive le Roi ! vive la France !   (*bis.*)

Quand la Hire, le beau Dunois
Aidés d'une fière Amazone,
De Charles assuraient autrefois
Le haut destin, les droits au Trône ;
Des ennemis quand les guerriers
Trompaient la superbe espérance,
Ils portaient sur leurs boucliers,
Vive le Roi, vive la France !   (*bis.*)

Ainsi, quand le jeune Némours,
Émule du Dieu des batailles,
A peine au printemps de ses jours
Trouva d'illustres funérailles;

A Ravenne expirant vainqueur,
Objet de gloire et de souffrance,
S'écriait, bravant la douleur,
Vive le Roi ! vive la France!   (*bis.*)

Ainsi, dans les plaines d'Ivry,
Marchant sur sa trace éclatante,
Les compagnons du bon Henri
Rendaient sa cause triomphante.
Heureux de s'immoler pour lui,
La gloire était leur récompense!
Et l'on chantait comme aujourd'hui,
Vive le Roi! vive la France !   (*bis.*)

VOICI LE ROI!

Cantate.

Voici le Roi, voici le Roi, français fidèles !
Sous sa bannière accourez vous ranger,
La justice et l'honneur de palmes immortelles,
A l'envi viennent l'ombrager ;
La paix le couvre de ses ailes,
Qui que tu sois, incline-toi :
Voici le Roi, voici le Roi.

Voici le Roi, voici le Roi, français fidèles !
Que son exil nous a coûté des pleurs,

Les vertus avaient fui nos plaines criminelles,
     Et s'unissaient à ses malheurs ;
     Louis reparaît avec elles,
     Qui que tu sois, console-toi :
     Voici le Roi, voici le Roi.

   Voici le Roi, voici le Roi, français fidèles !
Ils ne sont plus les momens de danger,
Mais si Louis souffrait des disgrâces nouvelles,
     Armez-vous tous pour le venger,
     Unissez vos mains fraternelles ;
     Qui que tu sois, ranime-toi :
     Voici le Roi, voici le Roi.

VIVE LE ROI !

CHANSON DE TABLE,

Air : *Aussitôt que la lumière.*

     Aussitôt que la lumière
Darde ses rayons sur moi,
Je commence ma carrière
En criant : Vive le Roi !
Et le cœur et la mémoire
Rempli de sa Majesté,
Ou je me bats pour sa gloire,
Ou je bois à sa santé.

Amis que ce lieu rassemble,
De Louis soyez l'appui ;
Jurez tous , jurez ensemble
De ne vivre que pour lui.
Conservateurs de la France,
Versez avec loyauté.
Votre sang pour sa défense,
Votre vie pour sa santé.

CE QUE C'EST QU'UN BONAPARTISTE.

CHANSONNETTE.

Air *de Lisbest.*

Si vous rencontrez par malheur
Un homme au visage farouche,
Dont l'air soit timide ou rêveur,
Et dont l'œil rempli de fureur
Soit moitié franc, et moitié louche ;
S'il joint encore à toute cela
Le surnom d'infâme sophiste ;
Amis , fuyez cet homme-là :
C'est bien sûr (*bis*) un Bonapartiste.

Quand vous voyez dans les faubourgs
Un misérable sans-culotte,
Effronté dans tous ses discours

Criant et s'honorant toujours
Du beau titre de patriote ;
S'il vient à vous apercevoir
Et s'il vous suit à l'improviste,
Renfoncez bien votre mouchoir :
C'est encore (*bis*) un Bonapartiste.

Si vous découvrez par hasard
Un de ces braves à la mode,
Qui, sous un air doux et cafard,
De fleurs entoure son poignard,
Et vous l'enfonce avec méthode ;
Qui ne juge un état puissant,
Que sous les lois d'un anarchiste ;
Qui prêche le crime et le sang :
C'est encore (*bis*) un bonapartiste.

Enfin les petits carabins,
Les élèves de Roberspierre,
Les radicaux, les jacobins,
Même les vieux républicains,
Grands partisans du réverbère ;
Les Fédérés, archi-coquins,
Les plus vigoureux terroristes :
Ce sont tous (*bis*) des bonapartistes.

Air du Bouffe.

Qui seul est légitime? le Roi.
Qui referma l'abîme? le Roi.
Qui mit fin au désordre? le Roi.
Quel est notre mot d'ordre? le Roi.

Qui vient finir nos peines? le Roi.
Qui vient briser nos chaînes? le Roi.
Qui termine la guerre? le Roi.
Qui nous aime en bon père? le Roi.

De qui doit-on dépendre? du Roi.
Qui devons-nous défendre? le Roi.
Qui sauva la Patrie? le Roi.
A qui doit-on la vie? au Roi.

Qui console la France? le Roi.
Qui rend la confiance? le Roi.
A qui devons-nous croire? au Roi.
A qui devons-nous boire? au Roi.

CHANT DU MIDI.

L'AURORE du bonheur luit enfin sur la France,
L'airain n'appelle plus nos Conscrits à la mort;
Accourez, Troubadours, chantez avec transport,
La chute du Despote et notre indépendance.

Chœur.

De festons et de fleurs couvrons tout le Midi ;
O superbe Provence ! ô fière Occitanie !
Par un serment sacré , lions-nous aujourd'hui ,
Guerre à tout conquérant et paix à la Patrie.

Ce Corse sans pudeur, ce noir antropophage,
De nos fils moissonnés l'implacable assassin,
S'est enfui lâchement dans un pays lointain ;
La paix va donc régner sous un ciel sans nuage.
    De festons et de fleurs , etc.

Oui , les fils de nos fils , apprendront dès l'enfance
Combien le vil tyran redoutait leur pays ;
Et comment de sa haine étant enorgueillis ,
Nous nous sommes armés pour notre délivrance.
    De festons et de fleurs , etc.

Dans ce climat brûlant, l'homme en lui sent éclore
Les vertus des grands cœurs et les beaux sentimens ;
Il adore un Roi sage , il combat les tyrans ;
Au Midi , le Français est plus Français encore.
    Des festons et de fleurs , etc.

O race des Bourbons ! race auguste et chérie !
Dans nos murs le trouvère long temps te chantera ;
Le dernier de nos fils , s'il le faut marchera ,
Pour soutenir le Trône et sauver la Patrie.
    De festons et de fleurs , etc.

SERMENT FRANÇAIS.

Français, au Trône de ses pères
Louis est enfin remonté ;
Enfin, des destins plus prospères,
Ramènent le bonheur et la tranquillité.

Chœur.

Abjurons toutes nos querelles,
De l'honneur écoutons la voix ;
Jurons d'être à Louis fidèles ,
Jurons, jurons de défendre ses droits.

Par lui notre belle Patrie
Connaît les douceurs de la paix ;
Tous ses malheurs il les oublie,
Et veut, pour se venger, le bonheur des Français.
　　Abjurons , etc.

Que le Laboureur sans alarmes
Bénisse son heureux retour ;
Que la mère sèche ses larmes ,
Louis lui rend ce fils si cher à son amour.
　　Abjurons , etc.

Vous, nobles enfans du génie ,
De Louis chantez les bienfaits ;
Aux arts il vient rendre la vie ,
Et vos talens vont croître à l'ombre de la paix.
　　Abjurons, etc.

Guerriers, fiers soutiens de la France,
Venez jouir de vos exploits ;
Que désormais votre vaillance ,
Soutienne avec honneur vos légitimes Rois.
　　Abjurons , etc.

Fille des Rois sois sans alarmes ,
Ne vois qu'un brillant avenir,
Les Français essuyeront tes larmes ,
Ils les ont fait couler, ils sauront les tarir.
　　Abjurons , etc.

De l'Imprimerie de Jean MARTEL le jeune.